FACULTÉ DES LETTRES DE PARIS

LE THÉATRE DE GŒTHE

LEÇON D'OUVERTURE

PAR

Ernest LICHTENBERGER

PROFESSEUR SUPPLÉANT DE LITTÉRATURE ÉTRANGÈRE

PARIS

LÉOPOLD CERF, ÉDITEUR

13, RUE DE MÉDICIS, 13

1882

LE

THÉATRE DE GŒTHE

VERSAILLES
IMPRIMERIE CERF ET FILS,
59, RUE DUPLESSIS

FACULTÉ DES LETTRES DE PARIS

LE
THÉATRE DE GŒTHE

LEÇON D'OUVERTURE

PAR

ERNEST LICHTENBERGER
PROFESSEUR SUPPLÉANT DE LITTÉRATURE ÉTRANGÈRE

PARIS
LÉOPOLD CERF, ÉDITEUR
13, RUE DE MÉDICIS, 13

1882

LE

THÉATRE DE GŒTHE

Messieurs,

Appelé par M. Mézières au dangereux honneur de le suppléer, mon premier devoir comme mon premier désir est d'exprimer ici ma profonde gratitude au maître qui m'a confié cette chaire, à la Faculté qui a bien voulu approuver son choix, à M. le Ministre de l'Instruction publique qui l'a ratifié. A ce sentiment de reconnaissance se mêle — je chercherais en vain à vous le dissimuler — une émotion d'un autre genre, une appréhension très vive, et hélas! trop légitime. Cette appréhension, la distance qui sépare ma fortune de mon faible mérite, suffirait à la justifier ; elle s'augmente encore et se double, lorsque je pense au maître éminent qui, depuis tant d'années, a étalé devant vous les trésors des littératures étrangères ; qui joint à un esprit fin et pénétrant un jugement net et sûr, cette première qualité du vrai critique ; qui fait valoir toutes les finesses de son goût, toutes les délicatesses de son esprit par une diction élégante et ferme, abondante et châtiée ; devant qui les portes de l'Académie française se sont ouvertes à son premier appel, alors qu'il ne lui apportait qu'une partie de son riche et multiple enseignement, ses beaux ouvrages sur Shakespeare, sur Pétrarque et sur Gœthe. M. Mézières dans cette chaire, c'était l'esprit français faisant les honneurs des génies de l'Espagne et de l'Italie, de l'Angleterre et de l'Allemagne. Aujourd'hui, c'est dans une autre enceinte que lui sont réservés des succès aussi vifs, aussi éclatants, mais, à coup sûr, moins unanimes ; pour l'applaudir, il n'y avait ici ni droite ni gauche ; il n'y avait qu'un parti, le sien, c'est-à-dire celui de la science littéraire, de l'éloquence et du talent.

En suppléant M. Mézières, je n'aspire pas à le remplacer ; je ne vous apporte que mon dévouement, et, mesurant prudemment mes forces, je les consacrerai à une tâche plus modeste, mais qui, je l'espère, ne sera pas inutile. Et d'abord, grâce aux créations récentes de cours et de conférences, il me sera permis de circonscrire le cercle de mes études. Depuis deux ans, M. Gebhart s'est emparé, avec sa grande autorité, avec son talent si original et si mordant, des littératures du Midi. Cette année même, M. Beljame, que sa thèse magistrale sur *Le public et les hommes de lettres en Angleterre* a recommandé avec éclat au choix du ministre et de la Faculté, s'est vu confier la langue et la littérature anglaises. Je me bornerai donc à l'étude de la langue et de la littérature allemandes. Dans ma conférence du jeudi, je continuerai à diriger les exercices de préparation aux examens d'allemand ; du programme de l'agrégation, je détache deux ouvrages, *Gœtz de Berlichingen* et *Iphigénie*, que je me propose d'étudier en détail dans le cours du lundi. Comme je l'ai fait pour *Faust*, l'an dernier, je ne craindrai pas de joindre au commentaire littéraire l'étude du style et de la langue de Gœthe.

Aujourd'hui, comme introduction naturelle à l'étude de ces deux drames qui représentent chacun l'une des périodes les plus importantes du développement du génie dramatique de Gœthe, je voudrais tenter de caractériser ce génie, de décrire les phases diverses qu'il a traversées.

Ce qui frappe d'abord le lecteur de son théâtre et ce qui rend la tâche du critique plus difficile, c'est l'étonnante diversité des œuvres qui le composent. Chaque pièce est distincte, isolée : *Gœtz, Prométhée, Faust, Iphigénie, la Fille naturelle, le second Faust* appartiennent aux systèmes dramatiques les plus divergents. Cette bigarrure de l'œuvre de Gœthe tient au caractère particulier de son inspiration. Nul poète, plus que lui, ne puise dans son propre fonds la matière de ses chants. Ce ne sont pas seulement ses poésies lyriques ni même ses romans qui sont des confidences; tout l'ensemble de ses productions n'est que « les fragments d'une grande confession »; chacun de ses drames reflète les dispositions de son âme, ses préoccupations morales, ses idées, les sentiments qui l'agitaient au moment où il le composait; et comme la vie de Gœthe a été remarquablement riche en expériences morales, que sa pensée s'est portée sur les sujets les plus divers, quoi d'étonnant que son œuvre, qui réfléchit sa vie, soit mobile et diverse comme elle?

Pour saisir dans son ensemble le théâtre de Gœthe, pour montrer les rapports qui unissent tant de pièces diverses, nous n'avons donc qu'une voie à suivre : c'est de parcourir ces drames dans l'ordre où ils se sont succédé.

Rassurez-vous : ce n'est pas une nouvelle biographie de Gœthe, même abrégée, que je prétends tracer ; je me bornerai à suivre son développement dramatique depuis le *Caprice de l'Amant* jusqu'au second *Faust*, en essayant de démêler les causes de ses transformations multiples, de montrer les influences, les sentiments, les théories nouvelles qui l'ont conduit de *Tous Coupables* à *Gœtz*, de *Gœtz* à *Prométhée* et aux pièces satiriques, de *Prométhée* à *Iphigénie*, d'*Iphigénie* et de *Torquato Tasso* à la *Fille naturelle*, de la *Fille naturelle* à *Pandore* et au *second Faust*. Après avoir parcouru toute la carrière de son activité dramatique, après en avoir marqué les différences et les contrastes plutôt que les analogies, je chercherai si de tout ce mélange de productions diverses ne se détachent pas quelques traits qui s'appliquent à l'ensemble de l'œuvre ; ou, à défaut de caractères communs à toutes les pièces, je tâcherai de marquer les plus importants, les plus saillants, ceux qui distinguent Gœthe, sinon toujours, du moins le plus souvent, des autres poètes dramatiques et qui permettent de reconnaître la physionomie particulière de son génie.

I

Vers le milieu du XVIIIe siècle, le théâtre français régnait sur toutes les scènes allemandes. De 1766 à 1767, sur 52 pièces représentées à Hambourg, 36 étaient des traductions de pièces françaises, 16 des comédies ou des tragédies allemandes, conçues et exécutées pour la plupart d'après le modèle fourni par notre théâtre. Aussi, à l'âge où le poète débutant adopte, sans les discuter, les théories du jour, Gœthe s'essaie dans le genre et le style à la mode ; il écrit, dans le goût français, une pastorale, *le Caprice de l'Amant*, une comédie, *Tous Coupables* : ce sont les ouvrages d'un écolier avisé, qui a profité des leçons de ses maîtres, qui paraît avoir, comme ceux-ci, plus d'esprit que d'imagination, et dont la langue claire et facile promet un bon écrivain, mais n'annonce en aucune façon un génie original. Tout au plus, dans le *Caprice de l'Amant*, quelques traits plus vifs et plus tendres marquent-ils l'inspiration personnelle de cette bergerie, dont les caprices du jeune Wolfgang lui-même et les rigueurs de Catherine Schœnkopf ont fait les frais. Mais à Leipzig déjà Gœthe avait appris à connaître celui dont le génie allait exercer sur lui un ascendant absolu; il avait lu dans l'Anthologie de Dodd, les *Beautés*, c'est-à-dire, des morceaux choisis de Shakespeare. Dès 1770 il l'appelle son maître, « un de ses vrais maîtres, qui ne lui montre pas seulement comme d'autres, ses défauts, mais qui lui apprend à faire mieux ». L'éloge est médiocre et l'on sent que Gœthe n'a pas encore passé par la discipline du grand critique enthousiaste, de Herder.

C'est à Strasbourg que ces deux esprits supérieurs se rencontrèrent et que l'aîné communiqua au plus jeune ses idées révolutionnaires, son ardeur et sa flamme; c'est là qu'il l'initia au culte de Shakespeare et qu'il l'« embrassa devant son image sacrée ». A la voix de Herder, Gœthe et ses amis saluent le dieu nouveau et brisent à ses pieds leurs anciennes idoles : en face de lui, ils abdiquent tout droit à la critique ; ils admirent jusqu'à ses verrues et ses taches; ils traduisent et imitent dans leurs conversations les *quibbles* de ses clowns. Nous avons un témoignage précieux de cette sorte d'adoration que Gœthe éprouvait pour le poète d'*Othello* et de la révolution que la lecture de ses œuvres produisit dans son esprit. C'est le discours fameux qu'il prononça en son honneur en 1771, ou qu'il envoya de Francfort à ses amis de Strasbourg.

C'est dans l'ivresse de cet enthousiasme juvénile qu'il écrit, qu'il jette sur le papier, dans les premières semaines qui suivent son retour à Francfort, *Gœtz*, ou plutôt, *Gottfried de Berlichingen*. Il convient, en effet, de faire ici une distinction importante. Si l'on cherche quelle est l'œuvre du poète qui porte la marque la plus visible de l'influence de Shakespeare, ce n'est pas le drame publié en 1773, le *Gœtz* populaire qu'il faut étudier, mais la première esquisse qui porte le nom d'*Histoire dramatisée de Gottfried de Berlichingen*. Cette *histoire* a été écrite vers la fin de 1771 ; elle est contemporaine du discours sur Shakespeare ; à chaque page, elle trahit l'imitation du grand poète anglais. Le jeune Titan, qui se croit indépendant, n'a fait que changer de fers ; il ne distingue pas dans le théâtre de Shakespeare ce qu'il est sage d'emprunter de ce qu'il est dangereux d'imiter ; il reproduit les côtés extérieurs de son modèle sans réussir à surprendre le secret de son génie. Pour le plan et l'action, au lieu de suivre ceux d'*Othello* ou de *Macbeth*, plus larges déjà et plus libres que les plans des tragédies françaises, il préfère imiter les pièces historiques et dérouler un grand nombre d'évènements sans se donner la peine de les ramener à l'unité. Il y a place pour tous les épisodes, pourvu qu'ils se rattachent de près ou de loin à son héros ; c'est un homme qu'il veut représenter, selon le précepte de son ami Lenz, et non un quart d'heure de son existence [1].

Parmi les personnages, il en est un surtout dont tous les traits sont empruntés à Shakespeare. C'est le confident, le bouffon de l'évêque de Bamberg, Liebetraut, le

[1] Die Absicht des Dichters ist seinem Publikum einen Menschen zu zeigen, nicht eine Viertelstunde.

digne descendant des fous et des clowns de *Comme il vous plaira* et du *roi Lear*. Partout le style de ce disciple enthousiaste de Shakespeare porte l'empreinte de l'obsession dont le poursuivaient les audaces poétiques et les magnificences de son langage. Ce ne sont que métaphores développées, personnifications hardies, hyperboles à outrance : le ciel et l'enfer sont mis à contribution ; Metzler profère des jurons « chauds comme l'enfer » ; lorsque son ennemi tombe en son pouvoir, il est aussi heureux que s'il avait le soleil dans sa main et jouait à la balle avec lui ; Franz, au comble du bonheur, compare ses espérances passées à des pressentiments de taupe. Gœthe répand ces lambeaux de pourpre sur le style de tous ses personnages, sans distinction. Que ce soit un paysan qui parle ou l'empereur Maximilien, une femme habituée au langage des Cours, comme Adelheid, ou un franc et rude chevalier, comme Gœtz, tous emploient les mêmes images, tous ont lu Shakespeare, tous se sont enivrés à cette coupe de généreuse poésie.

Aussi, lorsque l'auteur de cette esquisse eut envoyé son manuscrit à Herder, celui-ci lui déclara que Shakespeare l'avait gâté. Gœthe lui-même, que l'étude de la poésie grecque avait ramené au sentiment d'un art plus mesuré, reconnut la justesse de ce reproche. Il laissa son œuvre reposer durant dix-huit mois pendant lesquels son intelligence mûrit, son goût s'épura. Au commencement de 1773, il revoit son esquisse, il entreprend un travail où je ne sais si l'esprit critique ou le génie créateur a une plus grande part, et de cette refonte sort le drame de *Gœtz*. Il est infiniment curieux de comparer l'un avec l'autre, l'esquisse et le drame, *Gœtz* et *Gottfried*. Nous entrerons dans le détail de cette étude, et je crois que nous reconnaîtrons les traits suivants : l'action plus ramassée dans *Gœtz*, plus concentrée autour du personnage principal; les caractères dessinés avec plus de netteté et de plus fines nuances; le style se pliant à la condition et au caractère des personnages, tantôt énergique et grossier, tantôt coquet et précieux, tantôt simple et franc, selon que la scène se passe dans une auberge, à la cour de Bamberg ou au château de Gœtz. La brillante uniformité des métaphores de *Gottfried* a fait place à une langue souple et variée, singulièrement expressive. Ce qu'il y a de surprenant dans ce remaniement de l'ébauche première, c'est qu'on n'aperçoit aucune trace de rature; nulle part, la soudure n'est sensible. Assurément, la critique, quelque pénétrante qu'on la suppose, serait impuissante à faire une pareille reconstruction; pour composer, à l'aide de ces corrections et de ces reprises, une œuvre qui paraisse spontanée et naturelle, il faut du génie, mais un génie prudent et clairvoyant, un génie patient, ou, si j'ose dire, un génie doublé d'un critique.

Le fait capital qui se dégage de la comparaison des deux drames est le relâchement sensible des liens qui rattachaient l'auteur de *Gottfried* à celui de *Richard III*. Ainsi, la pièce de Gœthe, qui passe pour être l'expression la plus complète de son culte pour Shakespeare, celle qui lui a valu, à son apparition, les noms de nouveau Shakespeare, de Shakespeare allemand, porte, au contraire, la marque de l'affranchissement intérieur du poète. Ce détachement ne fera que s'accentuer avec les années : Gœthe ira même trop loin dans la voie opposée; il oubliera trop les leçons de ce maître incomparable. Mais dans les premiers temps, cet affranchissement est légitime; il correspond à une connaissance plus exacte des différences qui le séparent de Shakespeare, ou peut-être à un secret instinct qui l'entraîne sur une pente plus conforme à son génie. Inconscience et esprit critique, ces deux caractères se mêlent sans cesse dans l'élaboration de ses productions poétiques. Ce somnambule, comme il s'appelle volontiers, a la démarche si ferme et si sûre qu'on refuse de croire à son ignorance. Ce critique a de vives intuitions, des inspirations divines qui jaillissent et s'épanchent sans que la volonté y ait aucune part.

Entre la composition de *Gottfried* et celle de *Gœtz*, en 1772, avait paru une pièce qui, par ses qualités dramatiques, par la rapidité de l'action, par le dessin précis des caractères, par la simplicité nerveuse du style, avait excité l'émulation de Gœthe. — C'était l'*Emilia Galotti* de Lessing. *Gœtz* avait profité de ce modèle, *Clavigo* en profita davantage. Cette tragédie bourgeoise est, de toute l'œuvre dramatique de Gœthe, la pièce la mieux faite, celle qui tend vers la catastrophe du pas le plus égal et le plus précipité, du mouvement le plus soutenu. C'est l'ouvrage d'un bon disciple de l'auteur de la *Dramaturgie de Hambourg*. L'action est une trame serrée où les effets se lient étroitement aux causes ; les passions diverses qui font explosion sous nos yeux sortent naturellement du caractère des personnages ; le héros est l'artisan de sa propre fortune, et la mort qui l'attend est le châtiment mérité de sa lâcheté et de sa faiblesse. Un caractère est tracé avec une rare vigueur : celui de Carlos, l'ami et le conseiller de Clavigo, qui lui souffle les conseils d'une sagesse égoïste, d'une ambition sans scrupules ; tous les sarcasmes dont Merck a pu transpercer les velléités conjugales de son ami tout ce que Gœthe s'est répété à lui-même pour se détacher de Frédérique et pour endormir ses remords, il le met dans la bouche de cet implacable contempteur des femmes, il le développe tour à tour avec éloquence, avec ironie, avec les artifices innombrables de l'esprit le plus subtil et le plus retors. Rappelez-vous ce Carnioli, le personnage le plus vivant du théâtre d'Octave Feuillet; c'est le pendant, c'est peut-être l'imitation de Carlos: la verve avec laquelle il oppose les droits de l'art et du génie aux légitimes exigences de la foi promise, Carlos la déploie pour arracher Clavigo aux tranquilles douceurs de son union avec Marie Beaumarchais et pour revendiquer les privilèges de l'ambition politique et des talents de l'homme d'Etat.

Malgré tous ces mérites, *Clavigo* n'occupe qu'un rang secondaire dans l'œuvre dramatique de Gœthe. C'est la meilleure de ses pièces, si l'on n'en considère que les côtés extérieurs et les qualités banales; c'est la pièce la plus dramatique, et, au cinquième acte, la plus mélodramatique. Mais ce ne sont que des qualités de surface et d'éclat; on n'y découvre aucun de ces dessous profonds où excelle le génie; à l'inverse des chefs-d'œuvre véritables du poète où chaque nouvelle lecture révèle des beautés secrètes, des richesses de sens ou d'expression, pour ainsi dire, latentes, *Clavigo* attache tout d'abord, émeut, entraîne le lecteur, et surtout le spectateur, mais il ne le retient ni ne le rappelle. Gœthe n'a mis que huit jours à le faire; comme pour le sonnet d'Oronte, il y paraît. D'ailleurs, si, malgré tout, la réputation de *Clavigo* est demeurée au-dessous de son mérite, la cause de cette injustice est dans la direction même qu'a suivie le génie de Gœthe. S'il s'était appliqué de plus en plus à composer des drames en vue de la scène, s'il avait visé à devenir un dramaturge populaire, la critique aurait étudié *Clavigo* comme le point de départ d'une période importante de l'activité créatrice de Gœthe. Mais lorsqu'elle le voit s'écarter avec les années de cette forme de tragédie bourgeoise et populaire, et se mettre en opposition, de plein gré, par conviction d'artiste, avec les goûts et les préférences du public contemporain, elle néglige une production isolée, sans racine et sans liens. Si j'y ai tant insisté moi-même, c'est qu'il m'a paru piquant à la fois et caractéristique pour l'appréciation des drames de Gœthe, de signaler comme la pièce la plus théâtrale qu'il ait composée, une de celles qui ont le moins contribué à sa gloire. Ce n'est donc pas au théâtre que se révèlera son génie, ou si, en dépit de lui-même, quelques-uns de ses drames sont placés au rang de ses chefs-d'œuvre, ce ne sera point par leurs qualités dramatiques, par les qualités spéciales du genre auquel ils appartiennent, mais par des beautés d'un autre ordre, par la profondeur de la pensée, par la vérité de l'observation, par la grâce de l'expression, par la poésie du style.

Dans *Gœtz de Berlichingen*, Gœthe avait exprimé la passion de la liberté et de l'indépendance qui remplissait son cœur, ainsi que celui des poètes révolutionnaires, ses amis ; dans *Clavigo,* ce qui l'avait tenté, c'étaient les affinités entre sa propre destinée et celle de son héros : à l'instar du pamphlétaire espagnol, il avait abandonné Frédérique dans la crainte d'entraver l'essor de son génie ; se condamner poétiquement, c'était sa façon à lui de se délivrer de ses remords. Comme le poète lyrique, ce poète dramatique d'un tempérament particulier avait besoin, pour créer des personnages, pour les faire agir et parler, d'une émotion personnelle, d'une expérience intime, d'une frappante analogie entre les sentiments de ses héros et les siens. C'est ce qu'il dit nettement dans une confidence à un de ses amis : « J'ai encore imaginé quelques plans pour de grands drames; je veux dire que j'ai trouvé dans la nature et dans mon cœur les détails intéressants qui doivent en fournir la matière[1]. » Comme cet aveu l'indique, il ne devait exécuter les plans qu'il ébauchait qu'autant qu'ils répondaient à ce penchant impérieux de son esprit. *Jules César*, *Socrate* sont négligés ; quelles affinités entre eux et lui ? Il n'a écrit qu'une ou deux scènes de *Mahomet*, et pourtant il voulait développer dans cette pièce les observations que lui avait fournies l'étude des caractères de Lavater et de Basedow. Le sujet de *Prométhée* lui dicte un peu plus de deux actes. C'est que le Titan antique lui permet d'exprimer, sous un travestissement, ses propres émotions, soit qu'il voulût, comme il le prétend dans ses *Mémoires*, incarner dans cet évocateur de créatures humaines la conscience de son activité créatrice, soit plutôt qu'on retrouve dans les invectives lancées par Prométhée à Jupiter l'écho des révoltes intérieures et du joyeux affranchissement du poète enivré de la lecture de Spinoza.

II

Mais Prométhée était bien éloigné de Gœthe, et cette fiction l'obligeait à trop de détours pour traduire ses sentiments secrets ; il lui fallait un type plus moderne pour exprimer avec force, avec éloquence, tout ce que son esprit et son cœur contenait d'aspirations sublimes et de lâches défaillances, d'élans tumultueux et de désenchantements, toutes les fièvres de ses sens, toutes les contradictions de

[1] Lettre à Schoenborn, 1er juin 1774.

sa pensée, toutes les passions de son âme, toute sa misère et toute sa grandeur.

Ce type, ce fut le docteur Faust, l'alchimiste avide de connaître les secrets de la nature et qui ne craint pas, pour les pénétrer, de conclure un pacte avec le diable. La légende, le théâtre, les pièces de marionnettes l'avaient popularisé; Gœthe s'en empare et le transforme à son image. Cette fois, il a trouvé son vrai héros, et pourtant il ne termine pas son drame; mais, s'il le laisse inachevé, ce n'est pas qu'il se soit détaché de *Faust* comme de *Mahomet*, de *Prométhée*, de *Jules César* et de *Socrate*. Il semble plutôt qu'il craigne de quitter cet autre lui-même; il veut qu'il l'accompagne à travers toutes les métamorphoses de sa vie, qu'il se modifie en même temps que lui, qu'il se dégage, comme lui, des ténèbres et des vapeurs qui enveloppent sa pensée et ses sentiments pour marcher vers les régions sereines de la sagesse. Souvent la distance est grande entre eux; le poète a fait du chemin et a laissé loin derrière lui son frère idéal; on les dirait brouillés pour jamais, et toujours ils se rejoignent. Parfois le poète orgueilleux se retourne vers ce frère que l'ingrat reconnaît à peine; il l'insulte, il le traite de barbare[1] et de bouffon; il l'appelle (injure mortelle!) un tragélaphe[2], c'est-à-dire un monstre moitié bouc moitié cerf; s'il consent à ne pas l'abandonner, il est bien entendu que c'est pure sympathie et commisération humaine. Puis soudain, tout cet orgueil tombe et fait place à un sentiment tout opposé. En regardant ce frère de plus près, en se comparant à lui, il est attristé, humilié; il s'aperçoit qu'il

[1] Lettre à Schiller, 27 juin 1797.
[2] Lettre à Schiller, 6 décembre 1797.

a vieilli [1], qu'il s'est blasé, que son cœur s'est refroidi ; il se demande avec mélancolie s'il est digne de marcher encore côte à côte avec cet ami dont les allures sont si jeunes, dont le regard est si vif et si passionné. Selon que l'orgueil ou l'humilité des ans l'emporte, il essaie de le dresser aux leçons de sa sagesse ou s'oublie à redevenir jeune avec lui. — Mais les années s'accumulent, et avec elles augmente l'opiniâtreté du poète. Plus de condescendance, plus de compromis. Il ne peut se passer de l'ami de sa jeunesse, mais il le tyrannise ; il le contraint à se faire grec comme lui, à descendre dans le royaume des Mères, à assister aux fantasmagories symboliques du sabbat classique, il l'unit à Hélène, et lorsqu'enfin les passions de Faust se sont apaisées et que, comme la sienne, sa vieillesse se couronne de sagesse, d'expérience et de sérénité, lorsqu'ensemble ils ont trouvé le mot de l'énigme de la destinée humaine, — travail et activité, — ils s'affaissent et tombent ensemble [2], indissolublement unis dans la mort comme dans la vie, ou plutôt, dans une commune et glorieuse immortalité.

Ceci vous a paru sans doute un jeu trop prolongé ; c'est tout simplement l'histoire de la composition de *Faust*, et chacun des traits dont je me suis servi est emprunté aux lettres, aux prologues et aux confidences de Gœthe.

Rien ne montre mieux que ces étranges procédés de composition l'invincible penchant du poète à ne revenir à son œuvre qu'autant qu'il a quelque chose à lui confier. Parmi toutes les confessions poétiques et littéraires de Gœthe, *Faust* est la plus sincère et la plus complète. Mais

[1] Voir dans *Faust* le prologue sur le théâtre.
[2] Gœthe termine *Faust* en août 1831 et meurt le 22 mars suivant.

de ces procédés particuliers résulte aussi le caractère original du poème, ses qualités et ses défauts au point de vue dramatique.

L'action (et je ne parle même plus ici que du premier *Faust*), l'action est inégale, morcelée, parfois incohérente; il y a de longues scènes où elle paraît stationnaire ; puis, tout à coup, ce sont des sauts brusques et des lacunes sensibles. Les situations ne se déroulent pas l'une à la suite de l'autre; au lieu d'une grande fresque où l'unité de composition est visible, c'est une série de tableaux d'un dessin très vigoureux et d'un coloris très riche : les uns enchantent le regard par la magie du clair obscur, d'autres par l'intensité d'une lumière éclatante et joyeuse, ceux-ci par l'infinie variété des nuances, ceux-là par une uniformité de ton d'une ineffable mélancolie ; il y en a enfin qui se contentent de l'amuser par le brillant pêle-mêle de leurs vives couleurs. Ce sont, je le répète, des tableaux qui se détachent à volonté, des microcosmes (pour employer le jargon de l'alchimie) qui se meuvent librement dans le macrocosme du poète. Le premier monologue de Faust, cette expression achevée des infinis désespoirs et des illusions infinies de la pensée humaine ; le dialogue de Faust et de Wagner, cette mordante antithèse des tristes joies du pédant et des nobles tristesses du savant désabusé de la science ; les cantiques de Pâques et l'appel harmonieux des cloches arrachant des lèvres de Faust la coupe empoisonnée ; le spectacle bariolé, mobile d'une foule en gaieté, « les jours de dimanche et de fête » ; la scène du pacte ; celle de l'écolier, chef-d'œuvre de l'ironie triomphante qui crève de sa pointe la plus acérée toutes les outres de la vanité humaine ; l'orgie de la taverne d'Auerbach ; la cuisine de la sorcière ; la première apparition de Marguerite au sortir de l'église ; la coupe du roi de Thulé ; les contradictions bouffonnes de dame Marthe Schwerdtlein, cette matrone d'Ephèse rajeunie, traitée dans le goût réaliste, qui, dans sa hâte de se remarier, ne reculerait pas devant le diable en personne ; le double tête-à-tête du jardin, où, sur l'accompagnement comique de Méphisto et de sa commère, se détachent les mélodies expressives, passionnées des deux amants ; les rêveries de Faust dans la forêt ; Marguerite au rouet, à la fontaine, au rempart, à l'église ; la mort de Valentin ; la nuit de Walpurgis ; enfin, les horreurs tragiques de la prison : autant de scènes qui ont leur vie propre, autant de tableaux achevés, autant de cercles lumineux qui ont chacun leur rayonnement. Si, à la vérité, ces tableaux se font valoir réciproquement, il n'y a pourtant aucune pièce où les scènes isolées puissent aussi aisément se passer de leurs entours. Gœthe aimait à comparer les créations de la poésie aux verres d'une lanterne magique ; c'est bien l'effet que produisent avant tout les scènes de Faust : c'est une suite incomparable de visions intenses et distinctes.

Les caractères, comme l'action, portent la marque de la longue durée de la composition de *Faust*. Des trois figures principales, celle de Marguerite est la seule qui soit fondue d'un seul jet. Toutes, ou presque toutes les scènes où elle paraît, ont été composées vers la même époque ; aussi retrouvons-nous dans toutes les mêmes traits d'une naïve et profonde tendresse, d'une inconscience touchante et, à la fin, tragique. Elle aime comme la fleur s'épanouit, comme le fruit tombe ; le penchant qui l'entraîne est si irrésistible, son amour est si pur et si fort, et les actes qu'elle commet sont la conséquence si naturelle de sa passion, qu'elle nous apparaît innocente jusque dans la faute, jusque dans le crime.

Le caractère de Faust ne présente pas la même unité. Sans doute, les contradictions qu'on peut relever dans ses paroles et dans ses actes sortent, en partie, du fond même de cette nature ondoyante et complexe ; le flux et le reflux de ses sentiments, les plus nobles aspirations et les ardeurs les plus sensuelles, l'amour et le dégoût de la science, l'intensité du désir et la profondeur de la satiété, les langueurs de la rêverie alternant avec les emportements de la passion, l'abîme du désespoir et les ravissements de l'extase, toutes ces antinomies sont l'essence même de ce caractère, et la vigueur avec laquelle le poète les a marquées a fait de son héros le type le plus expressif des contradictions et des antinomies de la nature humaine.

Mais à côté de ces contradictions nécessaires, il y en a d'autres qui sont moins naturelles. Faust est-il un jeune homme ou un vieillard? Dans la plupart des scènes qui ouvrent le drame, le docteur est si vif et si ardent qu'il n'a besoin d'aucun philtre pour se rajeunir ; le philtre bu, il se livre, comme dans le monologue de la forêt, à des réflexions que le poète lui-même n'a pu faire que quand la fougue de la jeunesse était depuis longtemps apaisée. Comment le philosophe sceptique, qui avoue son incrédulité à l'heure même où il se laisse attendrir par le son des cloches, songe-t-il, dès le lendemain, à traduire en allemand les Saintes Ecritures, l'*original sacré ?*

Dans le caractère de Méphistophélès, les disparates sont plus sensibles. Le diable populaire, personnel et vivant des scènes de la jeunesse, s'analyse plus tard et se décompose lui-même : ce n'est plus qu' « une partie de la partie qui au commencement était tout ».

Il me serait facile de relever dans le style de *Faust* des dissonnances qui tiennent à la même cause ; mais pour ne pas m'attarder à l'appréciation d'un drame qui, chaque fois qu'on l'aborde, irrite la curiosité, j'en résume ainsi les traits dominants : point d'unité ni dans l'action, ni dans les caractères, ni dans le style ; des scènes détachées, des groupes de scènes vivantes, comiques ou tragiques ; des figures dont le relief et le coloris font oublier les incorrections du dessin ; un style tout en saillie, familier et sublime, poétique et nerveux, lyrique et dramatique ; en somme, une œuvre unique, hors de pair, un ensemble plutôt qu'un tout, mais d'où jaillit une flamme si vive que l'intensité d'impression éteint toutes les disparates et substitue à l'unité logique, à l'unité dramatique elle-même, une unité supérieure qui emporte toutes les résistances et toutes les chicanes de la critique.

III

Cette veine comique qui circule dans quelques scènes de *Faust*, on la rencontre aussi dans les pièces satiriques de la même époque, dans *Pater Brey*, dans *les Dieux, les Héros et Wieland*, dans les *Révélations de Bahrdt*, surtout dans *Satyros :* ce ne sont que des esquisses, mais singulièrement expressives et amusantes. Point d'intrigue, ou une intrigue si simple qu'un enfant aurait pu la nouer ; des caricatures plutôt que des caractères ; par moments, du jargon plutôt que du style ; mais du sel, une verve endiablée, une poésie populacière, des images et des locutions à l'emporte-pièce, le cynisme du génie. Le don du comique y éclate plus que dans les comédies proprement dites que Gœthe écrira plus tard : c'est le comique de la satire, plus mordant que fin, aussi hardi, aussi cru que celui du poète de *Lysistrata*, mais plus grossier ; c'est le comique d'un Aristophane qui se serait encanaillé à l'école de Fischart et de Rabelais.

Le poète qui, en 1774, écrit ces pièces d'un réalisme si outré, quelques années plus tard, composera *Iphigénie*, *Torquato Tasso*, ces chefs-d'œuvre de l'idéalisme classique. Quelles sont les causes de cette transformation ? par quels degrés monte-t-il (était-ce monter ou descendre ? nous nous le demanderons tout à l'heure) d'une de ces formes de l'art à la forme tout opposée ?

D'après ce que j'ai dit des habitudes de composition de Gœthe, il n'est pas étonnant que la principale cause de cette métamorphose littéraire soit une métamorphose morale. L'homme a changé avant le poète ; il a même tâtonné quelque temps avant de trouver l'expression appropriée à ses nouveaux sentiments. L'auteur de *Faust* et des pièces satiriques était aussi inquiet que son héros, mêlant le rire aux larmes, passionné et mobile, désordonné dans la joie comme dans la douleur. L'année 1775 marque l'apogée de cet état de surexcitation maladive ; il l'appelle lui-même (et les termes de sa définition la confirment) les mois « les plus dissipés, les plus confus, les plus entiers, les plus remplis, les plus vides, les plus forts et les plus insipides » qu'il ait eus dans sa vie[1]. S'il avait continué dans cette voie, il aboutissait à la folie comme Lenz ou au suicide comme Werther. Peu à peu, il se rend compte du danger, une grande lassitude s'empare de lui :

Ach ! ich bin des Treibens müde,
Was soll all der Schmerz und Lust ?

[1] Der junge Gœthe, III, 110, lettre à Bürger.

Pour guérir, il faut qu'il s'habitue à suivre un régime sévère, à s'observer, à se modérer sans cesse ; il faut qu'il renonce à s'abandonner à tous les mouvements confus de ses instincts et de ses passions ; il faut que la raison vienne régler tous ses actes et lui apprenne à se soumettre volontairement aux lois du destin. L'ordre et la régularité que lui imposent ses fonctions de conseiller et de ministre du duc de Weimar, l'influence bienfaisante de Mme de Stein, et, avant tout, les efforts persévérants de sa propre volonté assurent sa victoire. Les dix années de son premier séjour à Weimar furent, pour lui, un apprentissage de sagesse et de modération : loin d'avoir été la cause de ce renouvellement intérieur, le voyage en Italie n'en fut que la confirmation et le couronnement. Désormais, son idéal a changé : ce n'est plus l'intensité des passions, mais l'équilibre de l'âme. Pureté, mesure, harmonie, ces mots reparaissent sans cesse dans ses lettres et dans ses vers, là où nous lisions naguère passion et liberté.

Cette profonde transformation dans le caractère moral de Gœthe eut pour conséquence un changement radical dans ses vues sur l'art et la poésie. Dans le roman, la passion de Werther fait place aux analyses et aux réflexions de Wilhelm Meister ; dans la poésie lyrique, les *ottave rime* harmonieuses et régulières succèdent aux odes tumultueuses et désordonnées. Dans la poésie dramatique, la transformation fut plus lente et plus difficile. Je ne parle pas des petites comédies, des opérettes que Gœthe écrivit pour l'amusement de la cour de Charles-Auguste ; ce sont des passe-temps sans prétention et presque sans valeur. Les grandes œuvres inachevées, comme *Faust* et *Egmont*, il les néglige, parce qu'elles sont en désaccord avec ses nouveaux sentiments. En 1779, il compose *Iphigénie* et représente sous les traits d'Oreste apaisé par la douce influence d'une sœur, sa fièvre, sa convalescence et sa guérison. Iphigénie, c'est Madame de Stein, ou, plus exactement, c'est la personnification de cet esprit de douce sérénité, de mesure et d'harmonie que le poète évoquait sans cesse, qu'il s'efforçait de retenir, et qui revêtait naturellement à ses yeux la forme d'une femme, tantôt réelle, tantôt idéale. En 1780, il commence *Torquato Tasso*, et les analogies sont encore plus frappantes ; il prend soin de les marquer lui-même dans ses lettres à Madame de Stein : « Comme vous voulez vous approprier tout ce que dit le Tasse, je vous ai déjà écrit si longuement aujourd'hui qu'il ne m'est pas possible d'en dire davantage [1]. » « L'invocation que je t'ai adressée par la bouche du Tasse m'a réussi, à coup sûr ; est-elle bonne à sa place et dans la pièce ? C'est ce que j'ignore [2]. » Ainsi, la réalité empiète sur la fable, et les sentiments personnels du poète se substituent à ceux de son héros.

Mais si Gœthe avait trouvé, dès ce moment, des sujets où il pût exprimer ses préoccupations sous le voile de la fiction, quelques années s'écoulèrent avant qu'il découvrît une forme appropriée. Cette fois, son instinct poétique, d'ordinaire si sûr, était en retard ; il se rendait compte de la disproportion sans réussir à la corriger. La prose paraissait la forme nécessaire du drame à cette génération de disciples de Diderot et de Rousseau ; Gœthe s'en était affranchi dans *Faust* ; mais pouvait-il faire parler les héros des fables antiques en vers imités de Hans Sachs ? il écrit d'abord *Iphigénie* en prose ; puis, peu satisfait de son

[1] Lettre du 19 avril 1781.
[2] 23 avril 1781.

œuvre, en vers d'inégales longueurs, comme ceux de *Prométhée ;* encore mécontent, il se décide à la remanier et s'arrête — provisoirement — à une seconde rédaction en prose. Cette prose, il est vrai, était d'un ordre tout particulier ; elle avait rythme et cadence ; elle tendait au vers, et à une forme de vers spéciale, au vers iambique. Ce fut la transformation définitive en 1786 : l'iambe de Sophocle et d'Euripide (un peu modifié) convenait seul au sujet que Gœthe avait choisi, et surtout, aux sentiments renouvelés du poète.

Ces sentiments, en effet (je ne crains pas de le dire, au risque de paraître bien subtil) se traduisent avec plus de clarté et une éloquence plus persuasive dans le style même d'*Iphigénie* et de *Torquato Tasso* que dans les caractères et dans l'action. C'est une impression que je compare à celle que produisent sur nous les œuvres des grands musiciens ; il y a toute une morale dans le style d'*Iphigénie* et de *Torquato Tasso* comme dans les symphonies de Mozart ou de Beethoven. Ces vers d'un cours lent, égal et continu, ce rythme harmonieux, ces expressions dont la simplicité fait valoir la noblesse, ces images d'un coloris discret et pur, ces teintes fondues, ces comparaisons tirées plus volontiers de la contemplation de la nature et de ses phénomènes que du monde plus agité des animaux et des hommes, tous ces caractères concordants insinuent dans l'âme du lecteur une morale d'un genre tout nouveau, ni épicurienne, ni stoïcienne, ni chrétienne, une morale qui appartient à Gœthe et que les Allemands ont déjà appelée la morale *gœthéenne :* elle est plus humaine que virile ; elle ne fait pas appel à notre énergie ; elle ne connaît pas les saintes violences ni les haines vigoureuses ; la sérénité, la modération, la pureté, l'équilibre de l'âme, voilà les sentiments qu'elle inspire et les vertus qu'elle célèbre. Ajoutez à la morale de Montaigne, à cette vertu dont les routes sont « gazonnées et doux fleurantes », dont la pente est « facile et polie[1] », ajoutez un besoin supérieur d'ordre et d'harmonie, et vous aurez la morale de Gœthe. Ici, c'est par le seul effet de vers admirables qu'elle pénètre en notre âme, comme pour marquer, par une preuve sensible, que l'art et la poésie sont les meilleurs guides que l'homme cultivé puisse choisir pour le mener au bien.

Cette impression dominante de l'œuvre, indépendante de la fable, des personnages et de leurs passions, montre bien le caractère essentiellement lyrique de ces poèmes. Cependant il serait injuste de leur refuser toutes les qualités d'une pièce de théâtre, et Schiller va trop loin lorsqu'il dit d'*Iphigénie* que « tout ce qui classe une œuvre dans la catégorie des poèmes dramatiques lui fait absolument défaut[2]. » Si l'on n'y rencontre pas ce mouvement extérieur et ce choc violent des passions que le public exige d'ordinaire du drame, on trouve, dans *Iphigénie* surtout, une action qui tend vers le dénouement d'un pas lent, mais sûr, des caractères plus remarquables par la finesse des nuances que par la vigueur du relief, mais dont le développement et les contrastes, surtout dans *Torquato Tasso*, offrent un spectacle plein d'intérêt.

Entre les œuvres de la première période et celles de la seconde, l'opposition, vous le voyez, n'est pas moins grande qu'entre le jeune homme turbulent, passionné et un peu fou qui étonnait, par ses saillies et ses caprices, les sociétés de Wetzlar, de Francfort et de Darmstadt,

[1] *Essais*, I, 25.
[2] Lettre à Kœrner, 21 janvier 1802.

et le ministre bientôt assagi et refroidi du duc de Weimar : ici, des scènes pleines de mouvement et de vie ; là, une action tranquille et continue ; ici, des individus, avec toute l'abondance et la diversité des traits caractéristiques ; là, des types, qui, selon l'expression subtile et profonde de Hegel [1], « ne développent que la substance de leurs sentiments et de leurs actes » ; d'un côté, la prose la plus familière ou des vers hardis et négligés, aussi familiers que la prose ; de l'autre, une poésie harmonieuse, élégante et rare dont le vulgaire ne peut approcher ; d'une part, la passion ; de l'autre, l'idéal.

La critique donne habituellement le nom de progrès à ce passage du style réaliste au style classique et elle met en avant, pour appuyer son jugement, l'opinion de Gœthe lui-même. Il est certain que le poète d'*Iphigénie* ne regardait qu'avec dédain les productions de sa jeunesse ; j'ai déjà dit de quelles épithètes injurieuses il accablait son plus beau poème. Mais ce dédain apparent ne fait que montrer le détachement du poète à l'égard de son œuvre, l'évolution naturelle de l'âge et la modification des sentiments qui en est la conséquence : il se détachera d'*Iphigénie* aussi vite, plus vite même qu'il s'est détaché de *Gœtz*, et il ne craindra pas de dire, en raillant, de cette tragédie qu'elle est « diablement humaine [2] ». J'avoue que je ne puis partager l'opinion de Gœthe et de ses critiques. Si les incohérences de composition et de style qu'on remarque dans ses premières œuvres ne peuvent se comparer à la perfection classique d'*Iphigénie* et de *Torquato Tasso*, les traits de génie qui éclatent à chaque page de

[1] *Esthétique*, III, p. 497.
[2] Verteufelt human.

Faust, de *Gœtz* et des pièces satiriques, sont d'un ordre supérieur aux délicatesses les plus exquises des drames de la seconde période. Le mot de Jacobi me paraît, sur ce point, la conclusion la plus juste : « La nature de Gœthe se développe comme la fleur croît, comme le grain germe, comme l'arbre épanouit ses rameaux dans l'air et se couronne. » Chaque âge produit ses fruits naturels : les œuvres de la jeunesse de Gœthe ont plus de verve et de passion ; celles de sa maturité, plus de mesure et d'harmonie.

En parcourant ces deux périodes, j'ai eu à peine le temps de nommer *Egmont*. Commencé en 1775, ce drame n'a été terminé qu'en 1787, vers la fin du séjour de Gœthe en Italie. Le sujet plus moderne, les scènes populaires, le caractère des personnages, empêchèrent Gœthe de faire subir à ce drame les mêmes transformations qu'à *Iphigénie* et à *Torquato Tasso*. Mais la prose des dernières scènes a ce nombre et ce rythme poétique qu'on remarquait déjà dans la première *Iphigénie*. Aussi *Egmont* présente-t-il tous les caractères d'une œuvre de transition : il relie *Gœtz* à *Iphigénie ;* Claire est la sœur de Marguerite, jusqu'à ce qu'elle se transforme en figure allégorique et qu'elle révèle alors une parenté inopinée avec les créations de la dernière période dramatique de Gœthe. La faiblesse de l'action, où l'intérêt historique ne parvient pas à occuper le premier rang ; la verve et la grâce avec lesquelles sont traitées un grand nombre de scènes détachées ; les séduisantes figures d'Egmont et de Claire et la médiocrité de la plupart des personnages secondaires ; les inégalités du style ; tout ce mélange de qualités et de défauts explique et justifie les jugements contradictoires que la critique a portés sur cette pièce, célébrée par les uns comme la plus belle des tragédies de Gœthe [1], méprisée par les autres [2] comme une des plus faibles parmi ses productions dramatiques.

IV

Je serai plus bref sur la troisième période qui est celle de la décadence du génie poétique de Gœthe, et surtout de son génie dramatique. Elle présente deux aspects curieux et distincts, celui du directeur de théâtre qui traduit et remanie des pièces pour la scène de Weimar, celui du dramaturge philosophe, qui ne s'intéresse plus qu'aux idées, et pour qui les figures du drame ne sont plus que des types, des symboles, des allégories.

Le directeur de théâtre, amoureux de son art, dédaigneux de la popularité, conçoit l'ambition de faire l'éducation esthétique du public allemand; il veut lui rendre le goût de la simplicité classique, et pour le ramener vers les Grecs, il le conduit d'abord vers les poètes néo-classiques de la France.

Celui qui avait raillé à vingt ans, et foulé aux pieds notre théâtre, à cinquante, traduit *Mahomet* et *Tancrède* « pour purifier la scène profanée, pour en faire le digne séjour de l'antique Melpomène [3]. » S'il admet des pièces moins classiques, il les arrange et les rapproche de son nouvel idéal. On cite d'ordinaire comme l'exemple le plus

[1] Mme de Staël, *De l'Allemagne*, II, chap. xxi; Heinrich, *Histoire de la littérature allemande*, II, p. 451.
[2] E. Scherer, *Études critiques de littérature*, p. 344.
[3] Schiller, Stances sur *Mahomet*.

extraordinaire de ces mutilations, le remaniement qu'il fit de *Roméo et Juliette.* Mais il y a une preuve plus frappante du changement, ou plutôt de l'aberration de son goût : ce sont les dernières rédactions de son *Gœtz de Berlichingen.* — Les comparaisons que nous aurons l'occasion d'établir entre ces adaptations et le drame de 1773 nous feront voir que Gœthe en 1804 avait perdu le sens de sa première œuvre de génie et qu'il n'aurait pu trouver un arrangeur plus impie que lui-même.

Les pièces originales de cette période offrent plus d'intérêt que ces traductions et ces remaniements, mais ce ne sont plus des drames. Le poète avait passé du caractère à l'idéal, de *Gœtz* à *Iphigénie ;* il passe maintenant de l'idéal au symbole et à l'allégorie, d'*Iphigénie* à la *Fille Naturelle* et au second *Faust.* La *Fille Naturelle* est l'œuvre la plus achevée de cette période, quoique ce ne soit qu'une exposition, la première partie d'une trilogie. Gœthe n'était pas satisfait des pièces qu'il avait composées jusque-là sur la Révolution française, du *Grand Cophte*, du *Citoyen général*, des *Révoltés ;* il trouvait qu'elles n'avaient pas le sérieux qui convenait à un pareil sujet, et il entreprit de développer, dans une grande trilogie, ses vues sur la Révolution, sur ses phases diverses, sur ses causes et ses résultats. Mais au lieu d'un tableau animé où se meuvent des figures concrètes, il ne nous donne, selon l'expression de Mme de Staël, qu'une « pièce abstraite » dont les personnages ont une valeur symbolique. Pour bien marquer cette intention, il leur enlève les noms même qu'ils portaient dans les mémoires où il a puisé le sujet de son drame, et se garde de leur en donner d'autres. Louis XV s'amalgame avec Louis XVI et s'appelle simplement « le roi » ; le prince de Bourbon-Conti devient le duc, Madame Delorme « la gouvernante » ; seule, la princesse Stéphanie Louise obtient un nom, mais ce nom même est un symbole : c'est *Eugénie*, la bien née. La scène se passe dans un pays idéal, à une époque idéale. Le style correspond à ces caractères de l'action. Expressions généralisées, périphrases poétiques, constante fluidité de vers mélodieux, c'est la langue la plus appropriée à ces personnages abstraits, à ces symboles animés. Mais oublions un instant le théâtre, faisons violence à nos goûts et à nos habitudes, lisons la *Fille Naturelle* comme une de ces études curieuses, raffinées, personnelles, qui tentent volontiers un poète maître de son art et dédaigneux du public : que de choses s'offrent à notre admiration ! que de belles pensées ! que d'observations pénétrantes ! que de sagesse ! et, dans l'expression, quelle aisance sereine ! quelle noblesse soutenue ! c'est le rythme naturel à un sage qui s'est plié aux choses, qui en a reconnu la raison d'être et la nécessité, qui a fait sa paix avec tout l'univers, parce que les discordances qui le révoltaient naguère lui ont révélé leur secret accord. Fichte appelle la *Fille Naturelle* le chef-d'œuvre de Gœthe, et il en commente les profonds symboles dans ses lettres : le panégyrique et le nom du panégyriste sont également significatifs : ils marquent bien le genre de beauté propre à ce drame. C'est la pièce d'un poète moraliste écrite pour le plaisir des philosophes.

Après le symbole, le mythe, c'est-à-dire *Pandore*, où reparaît, mais effacée et vieillie, une des figures les plus vivantes de la jeunesse du poète, Prométhée ; après le mythe, l'allégorie, le *Réveil d'Epiménide*.

L'abus du symbolisme qui refroidit la *Fille Naturelle*, le goût des personnages mythologiques qui se manifeste dans *Pandore*, l'allégorie appliquée aux événements, aux idées, aux figures les plus modernes, telle que nous la voyons dans le *Réveil d'Epiménide*, et par dessus tout, cet éclectisme universel du vieillard qui a suivi toutes les voies naturelles, qui a cultivé tous les genres et qui s'amuse, pour ne pas se répéter, à former les combinaisons les plus inattendues, — toutes ces causes aboutissent à l'œuvre la plus étrange que connaissent les annales du théâtre, à la seconde partie de *Faust*. Au point de vue dramatique, le second *Faust* est un monstre. L'action n'est qu'un idéal d'action, le développement, un fouillis et un enchevêtrement de scènes disparates ; les personnages, des abstractions réalisées, de vagues symboles, parmi lesquels, comme l'a dit fort spirituellement M. Caro, « nous voyons passer et repasser de temps en temps les ombres de ceux que nous avons vus autrefois si vivants, si agissants sous les noms de Faust et de Méphistophélès [1]. » Le style abonde en tours obscurs, en locutions bizarres, en caprices puérils et maladroits. Tous ces défauts éclatent aux yeux, et le critique résolu à tout admirer est seul assez aveugle pour les ignorer. Malheureusement, les qualités du poème sont plus secrètes. Peut-être faut-il pour les découvrir un peu de cette superstition avec laquelle un lecteur pieux aborde tout ce qui sort de la plume de l'auteur qu'il admire. Mais sa piété, sa patience, son opiniâtreté ne demeurent pas sans récompense. Peu à peu, du sein de ce chaos, la lumière jaillit, — ou plutôt, ce sont mille lumières, mille étincelles multicolores qui éclairent le vaste monde où se meut la pensée du poète ; ce sont des observations originales sur la nature, sur l'art, sur la politique, et même sur le cœur humain. L'expression, sous ses airs d'énigme provocante, est souvent

[1] Caro, *Philosophie de Gœthe*, p. 261.

riche et profonde ; tel paradoxe, dont les dehors bizarres vous font sourire, recèle un piment dont la saveur mordante flatte et séduit le goût. Il y a même des vers d'une poésie intime et pénétrante, comme, dans la première scène, le chant des elfes qui apaisent et guérissent le cœur blessé du héros et l'invocation inspirée que Faust adresse à la nature, à son réveil. Comment conclure sur un poème dont les défauts sont si apparents, dont les qualités sont si enveloppées, mais d'un ordre si rare ? A propos du premier *Faust*, Mme de Staël a laissé échapper ce mot naïf : « Il est à désirer que de telles productions ne se renouvellent pas. » Je ne crains pas d'appliquer ce mot à la seconde partie, tout en ajoutant avec elle qu'il faut pardonner à un génie tel que celui de Gœthe lorsque « la foule de ses pensées dépasse et renverse les bornes de l'art [1]. »

V

Nous avons fait le tour de l'œuvre dramatique de Gœthe. Pour ne pas éparpiller votre attention, je n'ai parlé que des pièces qui marquent une date dans l'histoire de son génie, j'ai négligé le nombre assez considérable des ouvrages de second et de troisième ordre. Je voudrais, en terminant, embrasser d'un seul coup d'œil l'ensemble de ses productions et essayer d'en dégager les traits généraux. Je me contente de rappeler deux de ces caractères qui m'ont servi de point de départ et tracé le plan même de ma leçon. Le premier, c'est la diversité de ces drames,

[1] Mme de Staël, *de l'Allemagne*, II, chap. XXIII.

qui rend les traits communs plus rares et plus difficiles à démêler. Le second, c'est le rapport qu'ils offrent avec la vie et les sentiments du poète. Dans le *Caprice de l'Amant*, Eridon est Gœthe, Amine est Catherine Schœnkopf; dans *Gœtz* et dans *Clavigo*, les deux traîtres, les deux fiancés infidèles sont l'image de l'amoureux de Frédérique Brion; la mobilité de ses caprices est érigée en système dans *Stella*, qui se termine (sous sa première forme) par une bigamie. *Prométhée* représente son indépendance philosophique et religieuse, *Iphigénie* et *Torquato Tasso*, le passage des rêves agités de sa jeunesse à la sagesse et à la sérénité de l'âge mûr; *Pandore* exprime le douloureux renoncement qui suivit sa passion pour Minna Herzlieb; *Faust*, enfin, est la grande confession, qui comprend à la fois les premières témérités de son esprit, les premières passions de son cœur, et ses confidences dernières sur les grands intérêts qui préoccupent sa vieillesse, sur la philosophie, sur la nature, sur l'art, sur la politique, sur la destinée humaine.

Au second de ces traits s'en rattache un autre, qui en forme la contre-partie naturelle. Gœthe ne s'entend pas à représenter l'histoire, ni surtout les grandes luttes dont elle raconte les péripéties. Dans *Gœtz* et principalement dans *Gottfried de Berlichingen*, il néglige le loyal chevalier pour dépeindre avec complaisance les grâces enchanteresses et fatales d'Adelheid de Walldorf. Dans *Egmont*, tandis que l'orage menace et gronde, il s'oublie avec son héros dans les caresses et le babil enjoué de Claire. Les comédies sur la révolution ne sont que d'inoffensives satires. Dans la *Fille Naturelle*, dans le second *Faust*, dans le *Réveil d'Epiménide*, ces intérêts occupent une plus grande place : mais au lieu de nous donner la peinture et la résurrection de l'histoire, elles nous en offrent l'analyse et la philosophie. Nulle part, l'histoire n'apparaît dans sa véritable grandeur, dans sa réalité idéalisée, comme dans *Richard III*, dans *Wallenstein* et *Guillaume Tell*.

Chez la plupart des poètes dramatiques, dans Euripide, dans Shakespeare, dans Racine, la lutte des passions constitue l'essence même de la tragédie. Loin d'exceller dans la peinture de ces conflits, Gœthe l'affaiblit ou l'évite. Dans *Gœtz*, le moment le plus dramatique de l'action, celui où Gœtz est entraîné malgré lui à se mettre à la tête des paysans révoltés, est supprimé dans la première rédaction, esquissé dans la seconde. Thoas est, dès la première scène, si respectueux envers Iphigénie que nous ne prenons pas au sérieux sa barbarie et ses velléités de cruauté. « Je ne suis point né, disait Gœthe lui-même, pour être un poète tragique, ma nature est trop conciliante ; de là vient qu'aucune situation réellement tragique ne peut m'intéresser, car toute situation tragique consiste essentiellement en un conflit non susceptible de conciliation. »

Cependant, il est un genre de conflits qu'il a su exprimer avec la plus grande puissance : ce sont les conflits intérieurs, les luttes tragiques d'une âme qui se débat contre sa destinée. *Iphigénie, Torquato Tasso, Faust* surtout, nous font assister à ces spectacles émouvants. Les monologues de Faust, ceux de Marguerite, et ce dernier monologue de la prison, qui n'est coupé que par les appels répétés de Faust, sont les chefs-d'œuvre de ce genre mixte où se mêlent, dans une proportion égale, l'élément lyrique et l'élément dramatique.

Les parties du drame où il est permis au poète de développer une situation sont traitées avec un rare bonheur ; toutes ses expositions sont admirables ; ses épisodes offrent une abondance de détails expressifs qui sont le résultat d'une observation éveillée et pénétrante, qu'il s'agisse du spectacle varié d'une foule en mouvement, comme dans *Egmont*, dans *Gœtz* et dans *Faust*, ou de l'analyse des sentiments les plus délicats, comme dans *Iphigénie*, dans *Faust* et *Torquato Tasso*.

Il en est des caractères comme de l'action : ce sont les mêmes imperfections au point de vue dramatique, les mêmes qualités au point de vue simplement poétique. Ne leur demandez pas l'énergie, les brusques décisions et les prompts retours de la passion, l'impatience d'agir, l'impétuosité virile et puissante d'un Othello, d'un Richard III ; la plupart d'entre eux, comme Hamlet, voient « les couleurs naturelles de leurs résolutions pâlies par le teint blafard de la réflexion ». Evoquez leur image ; elle vous apparaîtra au repos plutôt qu'en action, peut-être même sous la forme d'une statue, comme Iphigénie. Mais s'ils agissent peu, ces personnages n'en sont pas moins expressifs et vivants ; ils ont chacun leur physionomie distincte, bien que Faust, Egmont, le Tasse, d'autres encore empruntent leurs traits les plus saillants à Gœthe lui-même.

Les figures de femmes ont, en général, plus de relief. Gœthe excelle à analyser les mouvements confus de leur cœur, à exprimer le charme ineffable d'une âme inconsciente qui s'ouvre à la vie et à l'amour. Le manque d'énergie, chez elles, n'est pas un défaut ; elles obéissent davantage à leur instinct. Tout ce qu'il y a de délicat et de noble dans cet instinct se personnifie sous les traits d'Iphigénie ;

ce qu'il a d'aimable sous ceux de Claire, ce qu'il a de passionné et d'irrésistible dans la figure de Marguerite. Entre tous les caractères du théâtre de Gœthe, ce dernier est, à coup sûr, son chef-d'œuvre, et la preuve la plus manifeste de son art et de son génie.

Schiller écrivait un jour à Gœthe : « Je trouve dans tous vos poèmes toute la profondeur et la puissance tragique que demanderait une tragédie parfaite ; je crois seulement que la ligne droite, sévère, que doit suivre le poète tragique, ne convient pas à votre nature, qui aime à se développer avec plus de liberté et d'abandon. Le poète tragique ne peut se dispenser de songer au public, de penser au but où il tend, à l'impression extérieure : tout cela vous gêne, et peut-être n'êtes-vous moins propre à faire œuvre de poète dramatique que parce que vous êtes né pour être poète, dans l'acception générique du mot. » Il est impossible d'envelopper une plus fine critique sous un plus bel éloge : ce sera notre conclusion.

Tout récemment, un critique spirituel et mordant a tenté de résumer le génie de Gœthe dans une brève définition ; il l'a appelé « *le plus grand des alexandrins* [1]. » Le mot a fait fortune ; quelque récent qu'il soit, on le rencontre partout, dans les revues, dans les journaux, dans les conversations ; c'est un mot populaire, et qui restera, car il est vif, ingénieux et méchant. Pour moi, vous le devinez, je ne saurais l'admettre : il me paraît injuste, ou, tout au moins, fort incomplet. Toute l'œuvre de la jeunesse et de la maturité du poète reste en dehors de cette définition. Si elle convient à la *Fille naturelle* et au second *Faust*, elle ne s'applique ni à *Iphigénie*, ni à *Torquato*

[1] P. Stapfer, *Gœthe et ses deux chefs-d'œuvre classiques*, p. 104.

Tasso, ni surtout à *Gœtz*, aux pièces satiriques et à la première partie de *Faust*. Gœthe n'est devenu le plus grand des alexandrins qu'après avoir été, en Allemagne, le plus grand des réalistes et le plus grand des classiques.

VERSAILLES. — IMP. CERF ET FILS, 59, RUE DUPLESSIS

www.ingramcontent.com/pod-product-compliance
Ingram Content Group UK Ltd.
Pitfield, Milton Keynes, MK11 3LW, UK
UKHW021040180726
13838UKWH00004B/1925

9 782019 978846